Entiende fácilmente la literatura con

ResumenExpress.com

www.ResumenExpress.com

VIRGINIE DESPENTES

ESCRITOR Y DIRECTOR FRANCÉS

- **Nacido en 1969 en Nancy**
- **Algunas de sus obras**:
  - *Fóllame* (1994), novela
  - *Les Jolies Choses* (1998), novela
  - *Teoría King Kong* (2006), ensayo autobiográfico

Virginie Despentes es una figura controvertida de la literatura francesa del cambio de milenio. Ganó fama instantánea con el sensual éxito de su primera novela, *Baise-moi*, en 1994, y durante mucho tiempo ha sido vista a través del prisma de su pasado como prostituta. Pero aunque a veces se ha tachado su obra de pornográfica, sus novelas son mucho más complejas, como demuestran los diversos premios que ha recibido, entre ellos el prestigioso Prix Renaudot por *Apocalypse bébé* en 2010.

Virginie Despentes es una autora contemporánea de primer orden, en particular por su compromiso con las cuestiones de marginación social, identitaria y sexual. Su trabajo sobre el lenguaje y la oralidad también es notable.

VERNON SUBUTEX, VOLUMEN 1

UNA INMERSIÓN DE PESADILLA EN NUESTRA SOCIEDAD CONTEMPORÁNEA

- **Género**: novela

- **Edición de referencia**: *Vernon Subutex*, volumen 1, París, Grasset, 2015, 430 p.

- **1ª edición**: 2015

- **Temas**: pobreza, exclusión social, crítica anticapitalista, duelo, investigación, rock

Publicado en 2015, el primer volumen de la trilogía *Vernon Subutex* es todo un fenómeno literario, con más de 300.000 ejemplares vendidos. Crítica virulenta y desengañada de la sociedad contemporánea, la obra ha encontrado una enorme acogida por parte del público, pero también de la crítica, en su mayoría positiva.

ResumenExpress.com

Vernon Subutex

de Virginie Despentes

GUÍA DE LECTURA

Escrita por Michel Dyer
Traducida por Juan Lopez

Vernon Subutex

de Virginie Despentes

RESUMEN

UN ANTIHÉROE

La novela se abre con la precaria situación de Vernon, un antiguo vendedor de discos que se acerca a los cincuenta. Desempleado desde el cierre de su tienda, y fuera de la RSA, ve cómo su capital disminuye poco a poco, junto con sus necesidades materiales: aprende a vivir sin televisión, sin calefacción, sin electricidad, sin muebles y, por último, sin Internet. Cuando encuentra una vieja foto suya posando de joven con sus tres mejores amigos de entonces, se da cuenta de que todos han muerto recientemente. El último de los muertos es Alex Bleach, un cantante de éxito que a menudo ayudaba económicamente a Vernon. Sin este apoyo, Vernon no puede evitar ser desahuciado de su casa, en un aturdimiento que convierte la escena en irreal. Sin techo, sin dinero, sin amigos, Vernon reúne sus escasas posesiones (que incluyen entrevistas inéditas en vídeo con Alex) e inicia un recorrido por sus conocidos para seguir viviendo como lo ha hecho durante años.

EL VALS DEL CONOCIMIENTO

El resto de la novela se basa en el principio de la variación de puntos de vista: la mayoría de los capítulos alternan entre la visión de Vernon y la de las distintas personas que conoce. Vernon es acogido sucesivamente por Emily, antigua miembro de la primera banda de rock de Alex Bleach, y luego por Xavier, un amigo de la infancia que ahora parece llevar una vida ordenada en las antípodas de la de Vernon. Entonces es acogido en la cama de Sylvie, una madre divorciada que ha fantaseado con él durante años y rápidamente se vuelve posesiva – Vernon huye robando lo suficiente para vivir unos días antes de ir a casa de Lydia, una joven periodista que se interesa por Alex Bleach.

Después, localizado por Sylvie, que encuentra su rastro en Internet, se instala en casa de Gaëlle, donde conoce a Marcia, con la que vive un breve pero intenso romance. Finalmente acaba en casa de su amigo Patrice, en las afueras. A medida que continúan sus encuentros, la mayoría de ellos incómodos tanto en los sofás de los hombres como en las camas de las mujeres, Vernon se da cuenta de que no puede seguir viviendo a costa de sus amigos, a quienes ni siquiera se atreve a confesar sus dificultades económicas.

EL CONTORNO DE UN PSEUDOPOLAR

Sin embargo, si la mayoría de los personajes cuyo punto de vista adopta la novela son los amigos de Vernon, la segunda parte del libro se centra en otra esfera de personajes. Las cintas de vídeo en las que Alex Bleach grabó una entrevista inédita, mencionadas por Vernon, se convierten rápidamente en el origen de una trama paralela, que permite a Virginie Despentes llevar su novela a otros horizontes.

Los personajes de Laurent y la Hiena, introducidos al principio de la novela (en las páginas 110 y 125 respectivamente), y luego los de Lydia, Pamela, Sélim y Aïcha (en las páginas 167 y 187, 260 y 274) no conocen a Vernon, pero todos buscan encontrarse con él, precisamente para hacerse con dichas cintas. Se establece entonces un suspense difuso, el libro se aleja de su protagonista para seguir una investigación que le concierne. Estas dos tramas se entrecruzan cuando Vernon duerme en casa de Lydia durante unos días, pero permanecen separadas durante el resto de la novela.

DESESPERACIÓN A LA CALLE

La situación de Vernon se vuelve más y más precaria a medida que pasan las páginas. Termina la novela en la calle, rechazado por una sociedad excluyente. Sin embargo, podemos observar algunos indicios de esperanza en las últimas páginas, cuando la novela se hunde en la oscuridad. El amor entre Vernon y Marcia, presentado por Vernon como un interludio encantado, es una señal. Pero además, el estado de ánimo de Vernon al final de la novela, lejos del abatimiento que podría causarle su nueva vida en la calle, es decididamente positivo. Parece comprender mejor la vida y el mundo a través de estas pruebas. Vernon parece dar así al lector una clave de lectura de la novela: no hay que dejarse abrumar por la desesperación ajena, sino al contrario abrazarla, comprenderla y, a través de la empatía, lograr así superarla.

ESTUDIO DE CARACTERES

VERNON SUBUTEX

Como era de esperar, el personaje epónimo es la figura central de la novela, la que vincula a todos los personajes presentados, y es el "narrador" de la mayoría de los capítulos. Es probablemente el personaje más simpático de la novela, no por sus acciones, sino por los retratos sucesivos, complementarios y siempre laudatorios que los demás personajes trazan de él. Las mujeres coinciden en que es, cuando menos, atractivo, y los hombres disfrutan de su compañía. Su agudo gusto musical es una de las principales bazas de Vernon, y a menudo se refieren a él como un "dios" cuando improvisa como DJ en una fiesta elegante. Sin embargo, Vernon puede ser un mentiroso, un manipulador, un ladrón. También es un cobarde, que se niega a pedir ayuda claramente cuando la necesita y da la espalda a quienes intentan ayudarle por orgullo o vergüenza. Al final, es esta segunda parte de su personalidad la que lo convierte en un personaje tan entrañable, tan cercano a nosotros: un hombre incapaz de reconocer que va a acabar en la calle, pero que encuentra buenas excusas para robar lo suficiente para sobrevivir unos días, sin pensar nunca en pedirlo.

Es el personaje menos enfadado, menos amargado y probablemente el más humano. A medida que avanza la novela, pasa imperceptiblemente de ser el protagonista a ser un espectador de su propia historia. Los capítulos centrados en él se hacen escasos y su capacidad para tomar decisiones, para actuar, disminuye paralelamente. Se somete cada vez más a los acontecimientos, pareciendo aceptar su destino con flema. De actor, se convierte en espectador; de fuerza para presentar personajes, se convierte en pretexto para observarlos. Vernon se convierte en el doble del lector cuando éste se preocupa menos de las aventuras del protagonista que de la caracterización de los numerosos personajes que se suceden. De este modo, la novela se aleja progresivamente de Vernon después de haberlo establecido firmemente, sin dejar por ello de utilizar su capacidad para presentar a los personajes y vincularlos entre sí. De actor, Vernon se convierte en agente de la narración: "Es un espectador, un jinete libre él mismo, un polizón", p. 410.

ALEX BLEACH

La primera vez que se menciona a Alex Bleach, en la p. 30, es para anunciar su muerte: "Alex Bleach ha muerto. Alex Bleach es la sombra de la novela, un personaje tan invisible como importante. Su muerte y su entrevista en vídeo son, respectivamente, el detonante y el motor de la trama de la novela. Se le presenta como un amigo de Vernon que solía ayudarle a pagar el alquiler, pero el lector pronto comprende que era mucho más que eso: un cantante de éxito, una estrella, un hombre magnéticamente guapo, un drogadicto, un artista que no podía vivir con la idea del éxito, un depresivo. Es una figura central de la novela, una especie de contrapartida de

Vernon en el sentido de que también él es un vínculo que une a todos los personajes: todos le conocían, le admiraban, le envidiaban, le querían, y todos intentan vivir con la idea de su fallecimiento.

Es a través de él como *Vernon Subutex* puede leerse como una novela sobre el duelo, y las distintas reacciones de los personajes – negación, tristeza, ira, celos, melancolía, indiferencia… – contribuyen a pintar un personaje complejo. El personaje de Alex Bleach se ve mejor a la luz del personaje de Vernon – en muchos sentidos es el anti-Vernon: rico, famoso, infeliz, muerto. Pero también comparten muchos rasgos de carácter: ambos son misteriosos, escurridizos, seductores, talentosos. La figura de Alex Bleach es, por tanto, doble: un amigo desaparecido, un símbolo de la juventud desvanecida para sus viejos amigos; un personaje mítico, un alter ego del evanescente Vernon Subutex, para quienes sólo conocían al personaje público. Para el lector, Alex Bleach representa dos facetas de Vernon: su dorada y desvanecida juventud y su aura misteriosa y fascinante.

ALGUNOS PERSONAJES RECURRENTES

Aunque la mayoría de los personajes sólo tienen un capítulo y apenas se mencionan en los demás, algunos están más desarrollados.

- **Xavier Fardin, el guionista amigo**: guionista en busca de un segundo éxito más de veinte años después del anterior, es el segundo amigo que recibe a Vernon. Al estar casado y ser padre, no puede acogerlo mucho tiempo. También es él quien, por jactancia y sed de fama, cuenta a la élite parisina la existencia de las entrevistas inéditas en vídeo de Alex Bleach y especula con hacer una película sobre ellas. Como todos los personajes de la novela, Xavier es ante todo un estereotipo, el bobo parisino que vive del cine, sin talento, sin contactos, pero seguro con cada nuevo guión de que ha escrito el próximo éxito de taquilla. Personaje poco simpático al principio, reacio a ayudar a Vernon incluso cuando su madre se lo pide directamente, se le dedica un segundo capítulo al final de la novela, donde cuenta la historia de la muerte de su perro de forma conmovedora, mostrando una sensibilidad y humanidad insospechadas. Queriendo proteger a Vernon y a su amiga Olga, es enviado al hospital por Noël, el joven de extrema derecha.

- **La Hyène, encargada de encontrar a Vernon**: especialista en e-reputación (la reputación de personas o cosas en línea), es lesbiana y tiene la particularidad de haber sido ya un personaje de la anterior novela de Virginie Despentes, *Apocalypse bébé*, publicada en 2010. En *Vernon Subutex*, trabaja para Laurent Dopalet, el productor ansioso por hacerse primero con los vídeos de Alex Bleach. Sin cruzarse nunca en el camino de Vernon, sigue su rastro, siempre con retraso. Al final de la novela, encuentra el rastro de Xavier gracias a su amigo Selim. Para devolverle el favor, acompaña a su hija Aisha a Barcelona. Aisha, el personaje más joven de la novela, es aún estudiante y musulmana practicante, además de hija de Vodka Satana, antigua estrella del porno y conquista de Alex Bleach.

- **Pamela Kant, la ex estrella del porno**: amiga de la difunta Vodka Satana, también ex estrella del porno, vive con Daniel, antes Deborah. Es muy popular entre los hombres, menos entre las mujeres. Ella es quien finalmente encuentra a Vernon en el último capítulo de la novela y le dice que es una celebridad en Twitter, un hombre buscado en París. Vernon la remite a Emily, la primera persona que lo acogió, en cuya casa dejó las famosas cintas de vídeo.

LOS OTROS PERSONAJES

- **Émilie**: es la primera en acoger a Vernon, sólo durante unos días. Le deja las cintas de Alex Bleach.

- **Céleste**: una joven a la que Vernon ve en un bar y luego vuelve a encontrar en la calle, y que resulta ser la hija de un viejo amigo de Vernon. Entre ellos parece desarrollarse una relación de seducción.

- **Laurent**: productor de éxito, tuvo muy mala relación con Alex Bleach y espera enterarse antes de su entrevista para asegurarse de que nunca se haga pública. Él es quien contrata a la Hiena.

- **Sylvie**: acoge a Vernon y se enamora perdidamente de él. Furiosa por su marcha y robo, le acosa en Facebook.

- **Lydia**: periodista independiente y gran admiradora de Alex Bleach, a quien ha entrevistado varias veces, es contactada por la Hiena para que se ponga en contacto con Vernon, lo que consigue a través de Facebook.

- **Danièle**: es compañero de piso de Pamela Kant, también antigua estrella del porno cuando era Déborah.

- **Kiko**: organiza una gran fiesta en su casa en la que Vernon hace de DJ.

- **Marcia:** Transexual brasileña, novia de Kiko, se enamora de Vernon durante la fiesta. Tienen una aventura.

- **Sélim**: antiguo vecino de la Hiena y marido de Vodka Satana, padre de Aisha, a la que no comprende.

- **Aïcha:** se entera por la Hiena de que su madre es Vodka Satana, una antigua estrella del porno. Como musulmana practicante, esta revelación le resulta difícil de aceptar. Se va unos días a Barcelona, acompañada de la Hiena.

- **Patrice**: viejo amigo de Vernon, pegaba a su mujer y ahora vive solo en las afueras.

- **Sophie:** es la madre de Xavier. Traumatizada por el suicidio de su hijo mayor, es la primera en encontrarse con Vernon en la calle, pero es incapaz de ayudarle a pesar de su buena voluntad.

- **Olga**: vive en la calle y se encariña con Vernon.

- **Navidad:** forma parte de una banda de matones de extrema derecha.

CLAVES DE LECTURA

UNA NOVELA POLIFÓNICA – HACIA UNA COMEDIA HUMANA DEL SIGLO XIX

Como hemos visto, hay muchos personajes en *Vernon Subutex*, y aunque no todos tienen la misma importancia, Virginie Despentes cede sucesivamente las riendas de la historia a una veintena de ellos. La multiplicación de personajes es una de las características y puntos fuertes del género de la novela. El texto aprovecha al máximo esta proliferación de puntos de vista e individualidades para crear un universo de ficción completo y coherente.

Vernon Subutex responde así a la ambición balzaciana: es una novela del mundo, una versión reducida y fiel de toda la sociedad. Sólo difiere el método: si Honoré de Balzac (escritor francés) consigue recrear la ilusión de la sociedad reutilizando los mismos personajes a lo largo de decenas de novelas, Virginie Despentes lo hace yuxtaponiéndolos dentro de una misma historia. La elección de la focalización interna (volveremos sobre ello), así como la reactivación en miniatura del sistema de ecos balzaquiano, permiten a la autora encarnar rápida y sólidamente a sus personajes: creemos en su existencia tan plenamente como en la de Lucien de Rubempré, personaje que aparece en dos novelas de Balzac cuyas acciones se sitúan con más de diez años de diferencia. Del mismo modo, en la novela de Virginie

Despentes, los protagonistas adquieren un espesor real porque se nos han anunciado antes o se recordarán después.

Así, si la mayoría de ellos sólo ocupan el centro de un capítulo, casi todos se mencionan en otros y, por tanto, están relacionados entre sí. Virginie Despentes intenta romper la artificialidad de la novela creando un complejo sistema relacional, en el que todos los personajes, conectados de un modo u otro a Vernon y Alex Bleach, los puntos nodales del libro, están también vinculados entre sí de forma transversal.

Virginie Despentes evita así una red en forma de estrella para crear un complejo sistema triangular, como Marcel Proust (escritor francés, 1871-1922) supo hacer antes que ella en los siete volúmenes de À *la recherche du temps perdu*. En esta larga novela con más de 2.500 personajes, todos ellos se presentan primero según su relación con el narrador, el personaje central de la historia. Sin embargo, el narrador descubre poco a poco que los demás personajes se conocen y llevan una vida mundana ajena a su persona. El ejemplo más llamativo es sin duda el matrimonio entre Gilberte Swann, amiga del narrador y novia de la infancia, y Saint-Loup, a quien el narrador conoce mucho más tarde en otros lugares. El narrador, y por tanto el lector, no podía imaginar que estos dos personajes se encontrarían.

Pero esta creación de un universo de ficción completo sólo funciona gracias a la diversidad de los personajes, que va de la mano de una cierta tendencia al estereotipo.

Al igual que en Proust encontramos al pintor, al músico y al escritor, en *Vernon Subutex* encontramos al guionista fracasado, al ama de casa ecologista y al transexual. No se trata aquí de criticar el recurso a los estereotipos, que forma parte obligada de la novela, sino, al contrario, de subrayar cómo Virginie Despentes utiliza estas categorías fácilmente identificables para acelerar la caracterización de sus personajes, no *ex nihilo*, sino contra la construcción mental que el lector hace de sí mismo.

Así, las primeras impresiones fijan el estereotipo (el lector comprende que Patrice es un hombre violento que pega a su mujer), y el desarrollo del personaje apunta a singularizarlo (la narración no despeja a Patrice, pero, al dejarnos entrever su punto de vista, nos ayuda a comprender que su personalidad, lejos de ser monolítica, es matizada y contradictoria). Una vez más, la pluralidad es el argumento principal de la novela, que aborda numerosos personajes desde los ángulos de la sexualidad, la religión, la familia, la política, la economía, la sociabilidad... Virginie Despentes consigue realmente pintar un cuadro, no exhaustivo, pero sí preciso y detallado, abarcador y fino, de la sociedad francesa (o al menos parisina) de principios de los años 2000.

El hecho de que la mayoría de los personajes asuman el papel de narrador durante un único capítulo no impide que formen parte de un sistema complejo, que podría calificarse de neuronal. La mayoría de ellos se conocen entre sí y son mencionados en varios pasajes de la novela. Además, todos ellos son personajes fácilmente asociables a un cliché de la sociedad del siglo XIX. Estas características confieren a la novela una dimensión lúdica: constantemente se pide al lector que participe en un juego de memoria y reconstrucción, por un lado, y que reconozca el estereotipo subyacente, por otro. También en este caso, Virginie Despentes se inscribe en una prestigiosa tradición literaria.

Para el primer aspecto, ya hemos mencionado a Balzac, pero también podríamos mencionar a Victor Hugo (escritor, poeta y dramaturgo francés, 1802-1885) que, en *Los Miserables*, hace que los personajes regresen varios cientos de páginas después. El libro-objeto adquiere todo su sentido: implícitamente se pide al lector que hojee lo que ya ha leído, que encuentre un nombre ya mencionado, un acontecimiento anunciado anteriormente, o, y es esta lógica la que predomina en *Vernon Subutex*, que confronte dos percepciones radicalmente opuestas, como el amor incipiente, pudoroso y total de Sylvie por Vernon, y la repulsión de este último hacia ella.

En cuanto al placer de descubrir el estereotipo, de comprender *quién está* detrás de Selim, Noël, Lydia (hay que señalar aquí que los estereotipos no sólo se aplican a los personajes-narradores, y el mismo placer se puede encontrar con respecto a los personajes secundarios propiamente dichos,), Virginie Despentes reactiva el principio fundador de los *Personajes* de Jean de La Bruyère (moralista francés, 1645-1696), donde el estereotipo es meticulosamente descrito en una acumulación de efectos, y finalmente revelado al final del texto.

Aquí no se desvela el estereotipo, porque no es necesario (sin embargo, a menudo se hace explícito en un capítulo posterior, normalmente por Vernon: "Xavier siempre ha sido un capullo de derechas", p. 85; "estos tíos son racistas militantes", p. 364), pero el placer del lector es el mismo: anticipar, reconocer y descifrar los rasgos típicos crea una sensación de connivencia, de comprensión del mundo, que a su vez acentúa la fuerza universalizadora de la novela.

EL USO DEL ENFOQUE INTERNO

 **LA NUEVA NOVELA**

Movimiento literario francés de principios de la segunda mitad del siglo XX, la Nueva Novela fue definida por su líder, Alain Robbe-Grillet (escritor francés, 1922-2008) en 1963. Este movimiento rechaza los códigos novelísticos clásicos, especialmente los de la novela realista. La Nueva Novela rechaza las nociones de trama, narrador omnisciente e incluso personaje. El tema de una novela de este movimiento es, por tanto, su propia escritura, desconectada de la realidad. La literatura ya no se refiere al mundo, sino a la pura escritura. Además de Alain Robbe-Grillet, las otras grandes figuras de la Nueva Novela son Nathalie Sarraute (1900-1999), Claude Simon (1913-2005) y Michel Butor (1926-2016). Otros autores también pueden haber estado asociados a ella de forma episódica, como Marguerite Duras (1914-1996), Jean-Marie-Gustave Le Clézio (1940-1975) o Samuel Beckett (escritor irlandés, 1906-1989).

Uno de los elementos constitutivos de una novela es su enfoque: ¿cuál es el punto de vista del narrador? En línea con los experimentos del siglo XXe y la Nueva Novela, *Vernon Subutex* es una serie de focalizaciones internas fijas -ningún narrador paraguas estructura la narración (aunque, como hemos visto, Vernon asume gradualmente la posición de narrador externo a su propia historia).

La focalización interna (es decir, el punto de vista es el de uno de los personajes de la acción, a diferencia de la focalización externa y omnisciente, en la que el narrador está fuera de la historia) es la forma ideal para que florezca la *corriente de conciencia, es* decir, el flujo de los pensamientos del personaje, plasmado tal cual, sin la menor distanciación estilística. Originalmente un proceso típicamente anglosajón, desarrollado por Virginia Woolf (escritora británica, 1882-1941) y William Faulkner (escritor estadounidense, 1897-1962), y llevado a su punto culminante por James Joyce (escritor británico, 1882-1941) en su *Ulises,* la "corriente de conciencia" también tiene sus representantes en Francia (mencionemos de nuevo a Claude Simon, escritor francés y una de las principales figuras de la Nueva Novela). En este sentido, *Vernon Subutex* vuelve a inscribirse en una rica tradición literaria.

En la novela, observamos el uso de un estilo oral, un vocabulario de argot variado, frases largas con una construcción desenfrenada y una puntuación mínima, todas ellas características del discurso indirecto específico del libro: "La cultura de los pobres, le da mucho miedo. Se vería reducido a esto: demasiada comida, demasiado transporte público, trabajar por menos de cinco mil euros al mes y comprar ropa en un centro comercial. Volar y tener que esperar en aeropuertos en sillas duras sin nada que beber y sin periódicos, ser tratado como una mierda y viajar en asientos de segunda clase, ser un capullo de segunda, con las rodillas dobladas y los codos del vecino en las costillas. [...] Kiko no lo haría, robaría bancos se pegaría un tiro encontraría una salida", pp. 238-239), todas ellas características del discurso indirecto libre propias del *flujo de conciencia*.

De ello resulta también una fuerza de convicción a veces desestabilizadora: dado que el enfoque interno transcribe los pensamientos del personaje con el carácter autoevidente que tienen para él, no hay distancia crítica respecto al propio discurso del narrador. El personaje que pega a su mujer ya no puede ser condenado tan fácilmente una vez que él mismo ha explicado sus sentimientos, con la absoluta certeza de que tiene razón.

Pero el carácter evidente de los juicios de cada uno de los narradores temporales se ve a veces socavado por la sucesión de focalizaciones internas: un personaje que se describe a sí mismo como muy simpático puede ser presentado bajo una luz extremadamente desagradable por el siguiente narrador. Así, cada personaje de la novela debe leerse a través de dos prismas: lo que piensa de sí mismo, pero también lo que los demás piensan de él. Virginie Despentes no sólo dibuja retratos formidables, sino que también demuestra que sólo existimos a través del juicio combinado de los demás y de nosotros mismos.

Una vez más, volvemos a la fabulosa fuerza de la galería de personajes que presenta la novela: aunque sólo estén en el centro de un capítulo cada uno, el enfoque interno permite singularizarlos suficientemente, hacer que sus voces sean reales, que sus pensamientos sean concretos. En cierto modo, es una forma de acelerar, en un espacio reducido, el desarrollo psicológico de personajes que quizá merecerían una novela cada uno. A través de sus pensamientos, y de su presencia en los pensamientos de los demás, lo *son*.

La especificidad de la "Corriente de conciencia" de Virginie Despentes reside en el uso de la 3ᵉ persona singular, el rechazo del "yo", que permite universalizar el discurso. El proceso es sutil: el lector se ve al mismo tiempo transportado a los pensamientos específicos de un individuo y alejado de su propia individualidad. El movimiento de identificación, normalmente inherente al proceso de *flujo de conciencia*, se ve socavado más por esta laguna gramatical que por los pensamientos, a veces violentos o reprobables, de los personajes. Pero, como acto de equilibrio, si el lector no se reconoce en Vernon, Emily y Kiko, es más probable que reconozca en ellos una existencia autónoma: no es enteramente ellos ni enteramente ajeno a ellos; sin estar en su piel, tampoco está fuera de su persona. Sin la identificación que ofrece la primera persona, pero también sin la distancia que ofrecen la novela tradicional y el narrador externo omnisciente, el lector se encuentra en una posición bastarda en relación con los personajes.

El resultado es que los discursos ganan universalidad (hay muchos que piensan así, ya que los pronombres personales "él" o "ella" tienen un valor englobador) al tiempo que conservan la fuerza de su singularidad (se trata de los pensamientos privados de alguien, no de nociones generales).

Al negarse a controlar el enfoque interno e imponer un narrador omnisciente, Virginie Despentes rechaza cualquier juicio – lo que el uso del discurso indirecto libre revela de los pensamientos íntimos y profundos de los *personajes*- y, por tanto, no da lugar a ninguna caracterización ulterior: corresponde al lector y sólo a él decidir qué pensar.

¿Es un personaje seguro de sí mismo realmente "un gilipollas de derechas", como piensa otro personaje? ¿Es Vernon un perdedor, como piensan algunos de sus amigos, o una víctima de las circunstancias, como piensa él mismo? Todos los discursos son iguales: Virginie Despentes opta por no pronunciarse sobre ninguna de estas cuestiones: da a cada voz el mismo valor, y convierte así su novela en una novela de "voces", que puede convertirse en un catálogo, pero que tiene el mérito de no jerarquizar las sensibilidades. De la multitud de estas voces emerge, de forma aparentemente paradójica, una única voz: la de la ira.

UNA ÁCIDA CRÍTICA SOCIAL

La ausencia de juicios da a la voz de cada personaje el mismo peso: pegan a sus mujeres, se drogan, sólo piensan en sexo, son racistas, reaccionarios, mezquinos, pero también (y a menudo los mismos), soñadores, apasionados, solidarios, afectuosos... Virginie Despentes nos sumerge en los pensamientos íntimos de una generación (casi todos los personajes tienen entre 40 y 50 años) que ya no consigue encontrar su lugar, que se siente engañada por la vida y la sociedad, tanto si está en la cúspide de la pirámide social como en la calle.

A primera vista, *Vernon Subutex* puede parecer un libro misántropo: todo el mundo se divierte con él, y la amargura descarada de los personajes puede resultar cargante. Laurent, el exitoso productor, por ejemplo, tiene "la sensación de tener una larga aguja oxidada clavada en la garganta" (página 115) y nada odia más que "el éxito ajeno" (página 117). Pamela, antigua estrella del porno, 'no consigue interesarse por los hombres'. Se menosprecian a sí mismos con demasiada facilidad" (p. 199). A Patrice, cartero, "le gustaría, antes de morir, ver a todos esos chacales devolver el dinero que robaron" (p. 317), y se pregunta "en qué momento se sentiría vivo y bien, si ya no tuviera la rabia" (p. 313).

La encuesta es muy fragmentaria, pero pone de relieve una exasperación compartida por todos, contra todos. Los ricos desprecian a los pobres, los hombres menosprecian a las mujeres, los jóvenes odian a los viejos y viceversa. El lector puede incluso sentirse rehén del texto y de la elección del enfoque interno, que le obliga a sumergirse en la desesperación, la estrechez de miras, la insoportable petulancia de los seres. Esto sería un contrasentido, y sin embargo debería ser contraproducente:

el mero hecho de que la desesperación esté en todas partes revela que no es inherente a los personajes, sino que deriva de circunstancias externas.

Virginie Despentes se propone demostrar lo absurdo: la apariencia de misantropía, llevada al extremo, sólo conduce a la empatía, a una compasión sin igual. Obsérvese que Emilie, Xavier y Laurent, los primeros personajes presentados después de Vernon, parecen muy antipáticos al principio, pero, trescientas páginas más tarde, Olga, este mismo Xavier y Noël, aunque no son intrínsecamente mejores, parecen mucho más simpáticos. Y es que su desesperación, que al principio creíamos personal, resulta ser una parte inevitable de la vida de todos. Este giro que consigue Virginie Despentes es bastante fascinante, y particularmente extraordinario en el caso de Xavier, al que todo el mundo, incluido el lector, se refiere como "gilipollas" hasta que el segundo capítulo, centrado en él, es abrumadoramente humano.

No es a los hombres a quienes critica *Vernon Subutex*, sino a la sociedad que los empuja a tales extremos. Por eso la trilogía se ha convertido en un símbolo de los movimientos anticapitalistas: pocas ficciones han captado tan bien el absurdo de la sociedad contemporánea y las relaciones entre individuos que crea. Al mostrarnos, de forma absolutamente imprevisible, cómo Vernon se convierte en un vagabundo, Virginie Despentes nos enfrenta a nuestras contradicciones. De hecho, el desenlace está previsto desde las primeras páginas, pero, al igual que los personajes, nos negamos a creerlo. ¿Cómo es posible que Vernon, tan simpático, con tanto talento, que tiene tantos amigos, acabe en la calle?

Virginie Despentes también juega con los códigos de la ficción: puesto que Vernon tiene a mano las cintas de Alex Bleach, y tanta gente influyente las busca, en realidad no puede pasarle nada, siempre existirá ese *deus ex machina* (expresión latina utilizada originalmente para referirse a la llegada de un dios al escenario para resolver una situación desesperada. Hoy la expresión se utiliza en un sentido más amplio para designar la forma milagrosa en que los personajes de una obra de ficción salen de una mala situación) para salvarlo. El paralelismo entre la imposibilidad genérica (ya que Vernon puede salvarse tan fácilmente, debe ser salvado) y la imposibilidad social (ya que los personajes conocen a Vernon desde hace mucho tiempo y es tan simpático, no *puede estar en la calle*) pone al lector en un aprieto. Si uno quiere enfadarse al final de la novela – hay tanta gente que podría haber tendido la mano a Vernon – es sólo para encontrarse cara a cara con su propia incredulidad, su propia pasividad.

Vernon Subutex es ante todo un libro sobre la profunda disfunción de la sociedad y su tendencia a transformar a los individuos en monstruos. Sigue siendo, sin embargo, y casi paradójicamente, un libro profundamente humanista, que no condena a nadie. Si la sociedad es imperdonable en su conjunto, cada uno de sus miembros, considerado individualmente, se esfuerza por no ser aplastado por su funcionamiento.

👁 Vernon Subutex – Volúmenes 2 y 3

Virginie Despentes pretendía en un principio publicar los tres volúmenes de *Vernon Subutex* en un año natural; el volumen 2 salió en junio de 2015, unos meses después del volumen 1. El volumen 3, sin embargo, no salió a la venta hasta mayo de 2017, tras un proceso de escritura más largo de lo esperado. El volumen 2 tuvo casi tanto éxito como el 1 (más de 200.000 ejemplares vendidos), y todo parece indicar que el volumen 3 correrá la misma suerte. En estos dos volúmenes encontramos a los personajes del volumen 1, cuyas relaciones evolucionarán considerablemente, y por supuesto a Vernon Subutex, el vagabundo realizado e idealizado. Estas secuelas también están marcadas por una inscripción más marcada en la realidad, los atentados de París de 2015 y 2016 tienen en particular una importancia capital en la narración. El sorprendente final retoma y amplía los temas del volumen 1, proponiendo en particular una alternativa social, un intento de respuesta a la crítica intransigente del primer volumen.

VÍAS DE REFLEXIÓN

ALGUNAS PREGUNTAS PARA SEGUIR REFLEXIONANDO...

- Vernon Subutex cita repetidamente a personajes reales de la vida pública, incluidos artistas ("Patrick Bruel, Garou, Raphael", página 319). ¿Qué efecto produce en el lector en relación con la trama?

- ¿Vernon Subutex es un nombre real o un seudónimo? ¿Da el texto alguna pista sobre esta cuestión? ¿Cuál es el significado de este extraño nombre?

- La fiesta en casa de Kiko es un momento especial de la novela, el único en el que Vernon parece controlar al sujeto. ¿Por qué lo hace? ¿Saca consecuencias de ello? ¿Podemos leer en ella otra posible salida al apuro de Vernon?

- ¿Qué podría haber en las cintas de vídeo de Alex Bleach? ¿Necesitamos saberlo?

- ¿Es la novela autosuficiente o necesitamos la(s) secuela(s) para apreciarla y comprenderla?

- La inmensa mayoría de los personajes son de la misma generación y tienen entre 40 y 50 años. Nombra los contraejemplos. ¿Qué aportan a la dinámica de la historia? ¿Pertenécen a la novela o parecen estar fuera de lugar?

- A través del personaje de Aisha, Virginie Despentes introduce la cuestión de la religión en la novela. ¿Cómo lo afronta? ¿Nota alguna diferencia con respecto a otros temas potencialmente controvertidos, como el racismo o la transexualidad?

- La sexualidad desempeña un papel importante en las interacciones y la caracterización de los personajes. ¿Significa esto que está muy presente en el libro? ¿Se puede considerar realmente a Virginie Despentes una autora "pornográfica"?

PARA IR MÁS LEJOS

EDICIÓN DE REFERENCIA

Vernon Subutex, tome 1, París, Grasset, 2015, 430 p.

ADAPTACIÓN

Actualmente se está produciendo una adaptación a serie de televisión. Coescrita por Benjamin Dupas y Cathy Verney, asistidos por la propia Virginie Despentes para el primer episodio, la serie constará de 9 episodios de 30 minutos cada uno. Romain Duris interpretará el papel principal.

¡Su opinión nos interesa!
¡Deje un comentario en la pagina web de su librería en línea,
y comparta sus favoritos en las redes sociales!

**Muchas más guías para descubrir
tu pasión por la literatura**

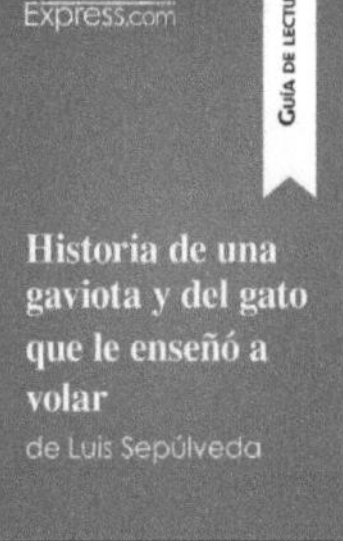

www.ResumenExpress.com

ISBN ebook: 9782808687157
ISBN papel: 9782808698559
Depósito legal: D/2023/12603/1135

Cubierta: © Primento
Libro realizado por Primento, el socio digital de los editores